LES NAPOLÉONIENNES

PAR

A. BRÉANT.

Livraison 1 — 6

Les noms des souscripteurs seront publiés tous les trois mois dans l'un des grands journaux de Paris et figureront en tête du volume.

Paris

J.-P. RORET, ÉDITEUR.
H. HUBERT LIBRAIRE-ÉDITEUR,
LIBRAIRIE PARISIENNE, GALERIE DE VALOIS, 185 (PALAIS-ROYAL).
1852

FÊTE DU QUINZE AOUT.

LA FÊTE DU QUINZE AOUT.

I.

Écoutez, écoutez, la fanfare résonne,
Tout Paris est debout, au loin le canon tonne
   Comme aux jours les plus glorieux !
A cette odeur de poudre, à ce signal de guerre,
On dirait qu'un instant s'échappe de la terre
   L'ombre sainte de nos ayeux !

Le bronze, en murmurant, de sa voix de prophète,
Annonce le quinze août; — Paris dresse la tête;
    Pour lui, c'est l'heure du réveil !
Nos guerriers d'Austerlitz, d'Egypte et d'Italie
Déchirent le linceul qui, là-haut, les rallie ;
    Ils ont reconnu leur soleil.

C'est le quinze août ! le jour où, jadis, tant de gloires
Fêtaient leur Empereur et chantaient ses victoires ;
    Le jour sublime qu'autrefois
Le peuple avait choisi, sur la place publique,
Pour livrer aux échos le cri patriotique
    Qui faisait trembler tous les rois !

C'est le quinze août ! le jour qui voyait le grand homme,
Acclamé dans Paris et que bénissait Rome,
    Disant à ses soldats : « Mes fils !
« Chantez, soyez heureux, la France est grande et belle,
« Et vos noms illustrés volent, à tire d'aile,
    « Du Rhin aux plaines de Memphis ! »

Oh ! oui, c'est le quinze août ! — voyez, le jour commence,
Et le peuple, déjà, comme une mer immense,

S'agite en replis onduleux ;
Cette masse compacte , ardente , électrisée,
Du haut de nos faubourgs, jusques à l'Élysée,
Roule ses flots tumultueux !

II.

Et , pourtant il n'est plus , le colossal génie
Qui d'un geste imposait à ce vaste univers,
Dont la gloire jamais ne sera définie
Et qui, reflet divin, ne peut être ternie
Que par le souffle des enfers !

Il n'est plus ! il n'est plus !... mais pourquoi cette joie ?
Pourquoi ces chants ? pourquoi ces cris partis du cœur ?
Pourquoi tant de velours, et tant d'or et de soie ?...
Serait-ce que la Mort, abandonnant sa proie,
Nous rendrait le héros vainqueur ?...

Non !... c'est que ce héros, qui vivra d'âge en âge,
Qui, salamandre immense, a vécu dans le feu ,

Nous a transmis un nom que n'atteint pas l'outrage ;
Nom que l'oncle inscrivit sur l'immortelle page,
    Comme héritage à son neveu !

C'est que, depuis quatre ans, on a pu voir à l'œuvre
L'héritier de ce nom, justement irrité,
Des partis impuissants deviner la couleuvre,
Et, pour l'anéantir, dans un même chef-d'œuvre
    Unir l'ordre à la liberté !

C'est que, plus grand qu'Auguste, en sa toute-puissance,
Louis-Napoléon ne voudrait pas punir ;
C'est qu'il sait pardonner (1)... c'est que dans sa clémence
Il dote nos enfants (2)... c'est qu'il est l'espérance
    Du présent et de l'avenir.

C'est que les vieux Gaulois, que l'orgueil éperonne,
De trônes renversés voyant le sol couvert,
N'ont pas voulu laisser se flétrir leur couronne
Comme, dans nos forêts, jaunissent en automne
    Les feuilles d'un arbre encore vert.

(1) Près de 1,500 grâces ont été accordées.
(2) 14 jeunes filles ont été dotées à l'occasion de la fête du 15 août.

III.

Oh ! oui, c'est le quinze août ! et Paris se réveille
Couché dans un drapeau caressé d'une abeille
     Et puis l'aigle française au front.
Le sol semble vomir une étrange fumée,
Au-dessus de laquelle on voit la grande armée
     Poindre et s'élever comme un mont !

Le peuple va, se presse ;—on s'embrasse, on se heurte;
Des rives de la Loire aux rives de la Meurthe
     Et des quatre points cardinaux,
La foule est accourue, imposante cohorte,
Belle de tout l'amour qu'à son Prince elle apporte !...
     Le prince n'a plus de rivaux !

IV.

Et la foule est heureuse ! — Et pour la grande fête

Lutèce a mis son diamant,
A la voir on dirait que brille sur sa tête
Une étoile du firmament !

Et de ses boulevarts à son arc de l'Étoile
Elle sourit avec fierté :
Une main formidable a soulevé le voile
Qui lui cachait la liberté.

Voyez, à nos transports il n'est plus de barrières,
L'héritier du grand Empereur
Enrichit, aujourd'hui, nos civiques bannières
De l'aigle régénérateur !

Lève ton front altier, garde nationale,
Le ciel va bénir tes drapeaux ;
Le Prince, qui, pour toi, ne veut pas de rivale,
Te tient sur les fonts baptismaux !

Partout, ce sont des cris de délire et de gloire,
Comme autrefois lorsque l'airain
Apportait sur la brise un hymne de victoire
Entonné sur les bords du Rhin !

Partout ce sont des jeux et des danses folâtres ;
    Chacun sourit avec le cœur...
Et puis, ce sont encore des joûtes, des théâtres,
    Et partout du bonheur !

V.

Tout-à-coup nos quais se garnissent ;
On court, on vole... en avant ! en avant !
Sur la Seine, paisible une heure encore avant,
    Des bruits étranges retentissent :
C'est un combat naval... c'est un combat géant !
    Alors du paisible rivage
    Soudain les bords sont envahis ;
Notre marine est là ! c'est l'espoir du pays !
    Allons, enfants, à l'abordage !
Il n'est pas de rivaux pour vos bras aguerris ;
Dites à ces regards, avides et surpris,
Qu'on peut à notre histoire ajouter une page
    Et que le pavillon français,
        Pour venger un outrage,
Au char de ses exploits attèle le succès !

VI.

Muses ! vous qui savez ce qui me reste à dire ,
Que votre voix du moins et m'anime et m'inspire ;
En vous seules j'ai foi.
Chacun de mes regards découvre une merveille ;
Hélas ! je ne sais si je dors où je veille,
Muses, venez à moi !

Notre ville aujourd'hui , c'est le palais d'Armide !
Que n'ai-je le talent ou d'Homère ou d'Ovide ?
Que n'ai-je le crayon
Dont s'emparait le Guide et que tenait Apelle ,
Et sur lequel, toujours, la divine étincelle
Projetait un rayon ?

VII.

C'est le soleil du jour ! — Paris est en délire ;

Mais il rêve une idée, — il la veut, — il la suit :
Réveillant la splendeur des fêtes de l'Empire
Il force le soleil à l'éclairer la nuit !

De globes lumineux groupés en arabesques
Il se fait un écrin ruisselant de clartés ;
Il semble de l'Égypte, en ses flancs gigantesques,
Réunir à plaisir les féeriques beautés.

Paris n'est plus Paris ; c'est Bagdad, c'est le Caire,
Répandant sur le sol l'ombre de leurs palmiers
Où trouvaient autrefois un abri tutélaire
Nos vainqueurs d'Orient, fatigués de lauriers !

Et de fleurs de cristal et de riches guirlandes,
Que le gaz en courant anime de ses feux,
Il a rempli ses mains, — magnifiques offrandes,
Bouquets étincelants, qu'il offre au peuple heureux !

Il en a décoré cette fière colonne,
Spectre d'airain qui dit aux rois de l'univers :
L'aigle brille à mon front, admirez ma couronne ;
L'ombre de mes succès abrite vos revers !...

Au milieu d'un essaim d'ifs et de girandoles,
De grands mâts pavoisés, d'emblèmes, de drapeaux,
Le promeneur se meut sous de riches coupoles,
Dessinant dans les airs de flamboyants réseaux.

Et, de tous les côtés, des palais fantastiques,
Que, d'un coup de baguette, une fée a construits,
Dressent en souriant leurs chatoyants portiques :
Paris est un feuillet des *Mille et une Nuits !*

VIII.

Mais la voûte azurée
Soudain s'est colorée
Des feux les plus divers,
Figures variées,
Souples et diaprées,
S'agitant dans les airs !

C'est la pyrotechnie,
Puisant dans son génie
Des efforts surhumains,

Et lançant dans l'espace,
Comme l'éclair qui passe,
Des fleurs à pleines mains !

Et tandis que, non loin, la lumière électrique
Nous inonde à grands flots de son jour fantastique,
Et colore les eaux des immenses bassins
Formant autour de nous d'orientaux dessins,
Jusqu'aux portes du ciel de lumineuses gerbes
Montent en tournoyant, imposantes, superbes,
Puis se tournant vers nous, éclatent dans les airs
Que sillonnent alors de magiques éclairs !

Puis tout-à-coup, métamorphose !
Grand souvenir ! apothéose !
Fantôme ! vision qui surprend le regard,
On aperçoit la grande armée,
D'un souffle divin animée,
Et l'espérance au front, franchir le Saint-Bernard ;
De son pied refoulant la nue
S'ouvrant une route inconnue,
Vers un autre pays, vers de plus doux climats,
Napoléon, voilà sa vie !..,

Il voulait vaincre en Italie,

Que lui font les dangers?... Que lui font les frimas?

Sur elle à flots tombe la neige,

Qu'importe! le ciel la protége,

N'a-t-elle pas, pour doubler son ardeur

Et pour grandir sa juste haine,

La voix de son grand capitaine,

L'illustre et noble voix du géant empereur?

Mais, oui! le voilà bien lui-même,

Guidant de son regard suprême

Ce sublime faisceau de soldats, de guerriers,

Et, de loin, criant : « Espérance !

« Amis, nous souffrons, pour la France,

« Pour nous, là-bas, il croîtra des lauriers ! »

IX.

Oh! je m'arrête ici! puis-je, pauvre poète,

L'enthousiasme au cœur, la fièvre dans la tête,

Dépeindre dignement les trésors merveilleux

Dont les arts, à grands frais, ont ébloui nos yeux?

Puis-je vous raconter cette grande journée,

Ces transports inconnus dans notre âme étonnée ;
Cet ensemble, inouï, magique, sans égal,
Qu'ouvrit un *Te Deum* et que finit un bal ?
Oh ! non, ce sont des chants ignorés de ma lyre !
D'autres, bien mieux que moi, vous peindront le délire
Du peuple qui joignait, le soir de ce beau jour,
Un chant patriotique à tous ses chants d'amour !

X.

Etouffez dans vos cœurs votre impuissante rage,
Courbez, courbez le front, partis audacieux ;
D'un coup d'aile écartant les barreaux de sa cage,
L'aigle a repris son vol et plane dans les cieux !

La France au poignard homicide,
Dont l'enfer arma ses enfants,
Longtemps, hélas ! pâle et timide,
Pauvre victime, ouvrit ses flancs ;
Mais ses mamelles oppressées
Séchaient au souffle du bourreau,
Et sur ses faiblesses passées,
Elle a secoué son manteau !

La France insensible, accroupie,
Vit ses lauriers qui s'en allaient ;
Sa raison s'était assoupie
Au bruit des trônes qui croulaient ;
Comme une meute qui se rue ,
Au saint nom de l'égalité,
Des fous, aboyant dans la rue,
Égorgeaient la légalité !

Et dans Paris, ville chrétienne
Transformée en un mauvais lieu,
Plus d'une voix lâche et païenne
Allait jusqu'à renier Dieu !
Mais lui souffrait de nos souffrances,
Et le ciel, encore une fois,
Nous rend nos splendeurs, nos croyances,
Et notre soleil d'autrefois !

Etouffez dans vos cœurs votre impuissante rage.
Courbez, courbez le front, partis audacieux ;
D'un coup d'aile écartant les barreaux de sa cage,
L'aigle a repris son vol et plane dans les cieux !

PARIS. — Impr. LACOUR ET C', rue Soufflot, 16.

1848 — 1852.

Imprimerie Saintin, Dentan, Pinard, 9, cour des Miracles.

1848—1852.

Première Partie.

I.

Hier, j'avais saisi la plume du poète
Pour élever mon style aux splendeurs d'une fête
Qui, pour Paris fut un beau jour,

Et puis, laissant vibrer les cordes de ma lyre,
J'ai dépeint les transports de Paris en délire
      Et j'ai parlé de chants d'amour !

Et je disais encor : pourquoi donc tant de joie ?
Pourquoi tant de velours, et tant d'or et de soie,
      Répandus ainsi sur le sol ?
Pourquoi ces chants, ces cris, ces rêves d'espérance ?
Et l'écho répondait : vers notre belle France,
      C'est que l'aigle a repris son vol !

C'est qu'on a vu trembler l'hydre de l'anarchie,
Ce monstre dont la dent broya la monarchie
      Et que Louis a terrassé !
C'est que l'aigle en passant nous donne une caresse,
C'est que l'homme, aujourd'hui, pour grandir son ivresse,
      Jette un regard sur le passé !

II.

« Frappons, la France est délivrée,

» Paris a donné le signal ;

» L'orgie ouvre son bacchanal,

» Soyons âpres à la curée !

» Frappons ! pour la foule enivrée

» Créons un état anormal,

» Sacrifions au dieu du mal,

» Étouffons la race titrée !

» Frappons ! la jeunesse dorée

» Dresse des autels à Baal ;

» Le bourreau va donner un bal

» A la France régénérée ! »

Ainsi disait alors, le poignard à la main,
L'écume de ce monde, une meute avinée,
Voulant, sur nos débris, forcer la destinée
    A tracer un nouveau chemin !

III.

Et notre France encor si fière

Si belle encor un jour avant,
Se réveilla dans la poussière,
Dans la honte et dans le néant !
De gloire et de grandeur jalouse,
Tremblante au souvenir de son quatre-vingt-douze,
Elle venait de voir pour la troisième fois
S'écrouler, vermoulu, le trône de ses rois !

Tout à coup, prise de vertige,
Elle fléchit devant la peur,
Comme la fleur qui, sur sa tige,
Cède à l'aquilon destructeur.
Elle alla jusqu'à douter même
Du Dieu qui la dota d'une force suprême ;
Car à ses yeux le régime nouveau
C'était quatre-vingt-treize et c'était l'échafaud !

IV.

Oh ! combien il faudrait de force et de puissance
Pour retracer ici ce que souffrit la France,

Réduite à ronger son bâillon !

Riche, la veille encor, soudain la foudre éclate

Et, dès le lendemain, son manteau d'écarlate

N'était plus qu'un haillon !

Et, dès le lendemain, des fils ingrats, rebelles,

De leur mère à genoux, desséchaient les mamelles,

Ils s'appropriaient son trésor :

Au creuset de l'orgie, en détournant la tête,

Non leur peuple pourri — mais notre peuple honnête

Voyait fondre son or !

Tout semble anéanti ! — Seule, en secret, notre âme

Verse des pleurs amers ; — comme une impure flamme,

Sur nous a passé le fléau :

Au sein de la cité, devenue inactive,

L'oreille n'entend plus, sur l'enclume plaintive,

Résonner le marteau !

Le travail a cessé dans nos manufactures ;

A l'ouvrier, la faim impose ses tortures ;

Le mauvais génie a vaincu ;

Le riche a fui ; — Mercure a déserté son temple
Et, de loin en riant, l'étranger nous contemple !
      — La France avait vécu !...

V.

Mais que nous voulaient donc ces modernes harpies,
Frappant sur le pays à grands coups d'utopies ;
Ces tribuns de trottoir, — hommes maudits du ciel, —
Se nourrissant de haîne et s'abreuvant de fiel ?
Pourquoi donc voulaient-ils hanter la République
Sur le spectre vivant d'un trône monarchique ? —
Est-ce qu'ils possédaient d'assez grandes vertus
Pour donner le baptême à nos cœurs abattus ? —
Est-ce que l'horizon, s'obscurcissant d'un voile,
Dérobait à nos yeux une plus riche étoile
Et qu'enfin ils pouvaient, nouveaux réformateurs,
D'un monde surhumain être les créateurs ? —

Non ! ils avaient rêvé le meurtre de la France
Parce que le chaos était leur espérance ; —

Puis de l'humanité déployant le drapeau,

Pour se faire du peuple un docile troupeau,

Ils brisaient, sans raison, notre vieux tabernacle,

Ambitieux, un jour, de s'asseoir au pinacle

Et de voir, au reflet des plus douces lueurs,

Le sol les enrichir sans peine et sans sueurs ;

Trop longtemps, disaient-ils, ont gouverné les autres ;

Leur sang c'est notre sang, et leurs biens sont les nôtres ;

Et des débris d'un trône, où la grandeur s'assied,

Ils voulaient, eux, bourreaux, se faire un marchepied !

VI.

Pourtant, dans leur faconde extrême,

Qu'ont-ils fait du pouvoir suprême,

Ces géants qui, la veille encor,

Parlaient au peuple d'espérance

Et de grandeur pour notre France ?

    Ils se sont gorgés d'or !

Frappant d'impôts l'agriculture,

Ces monarques de l'imposture,
Dans leur farouche ambition,
Contents de régner sur la rue,
Ne voyaient pas que la charrue
Désertait le sillon.

Les fous ! ils rendaient inféconde
Cette mère, reine du monde,
Dont les enfants, le lendemain,
Sur leurs palais, double satyre,
En traits de feu devaient écrire :
« Du travail ou du pain ! »

Qu'importe ! fiers de leur victoire,
Ils s'assoupissaient dans leur gloire,
Laissant en paix leurs tirailleurs
Unir, sur leur le drapeau cynique
Ces mots : « *Vive la République*
Et mort aux travailleurs ! » (1)

Ils ignoraient, ces sybarites,

(1) Historique.

Que leurs trop dignes satellites,
Toujours jaloux et sans merci,
Voudraient, au sortir de la boue,
Dans les délices de Capoue
      Se prélasser aussi !

Et les voilà, stimulant leur armée !
Mais bientôt la France alarmée
Devait voir, dans un jour affreux,
Le tigre, lui-même, se mordre
Et les serviteurs du désordre
      Se déchirer entr'eux !

Juin lança ses foudres hideuses,
Et parmi les choses honteuses
Il mérita le premier rang :
Ces hommes respiraient la rage
Et pour se marquer au visage
      Ils ont craché du sang !

VII.

Tout ce que peut rêver de cruel et de lâche

Un monstre sans pitié qu'aurait vomi l'enfer,
Ils nous l'ont fait avec la hache !
Avec la poudre ! avec le fer !

Oh ! l'histoire dira ces fatales journées,
Cette page terrible où leurs noms sont inscrits :
Elles n'ont jamais eu d'aînées. —
Les bagnes étaient dans Paris !

Et la France, pleurant comme une pauvre veuve,
Demandait à genoux sur de vastes tombeaux :
Est-ce là ma dernière épreuve !
Me viendra-t-il des jours plus beaux ?

VIII.

Mais un homme paraît : « Talisman ou génie
» Le voilà, dit la France, et ma honte est finie ;
» Illuminez mon Panthéon ! »
Et lui, disait : Je viens au nom de votre gloire,

» Car je suis l'héritier du Dieu de la victoire;

» Je suis Napoléon ! »

Et ce nom qui résume en lui tant de puissance ;
Qui, de nos souvenirs, est la plus noble essence,
  Ce nom sublime, vénéré,
Soudain rend au pays son orgueil et sa joie ;
L'avenir à ses yeux grandit et se déploie :
  Il est régénéré !

Que lui font à présent les luttes anarchiques,
N'est-il pas le plus grand des mondes politiques ?
  Et le danger qu'il a couru
Aurait-il à ce point anéanti sa force
Que la sève ait tari sous sa puissante écorce ? —
  Non ! l'aigle a reparu.

Et le pays respire ! — Et sa route est tracée !
Il a le sentiment de sa grandeur passée ;
  A la gloire il dresse un autel !
Et, croyant à ses vœux poser une barrière,
L'anarchie elle-même a mis sur sa bannière :
  « Suffrage universel ! »

IX.

Le scrutin va s'ouvrir ! — Excitez votre meute
Seigneurs de févrior ! — Encombrez le chemin. —
Le pays en votant, se souviendra demain
Que si l'on vous a vus tenir tête à l'émeute,
    Hier vous lui donniez la main.

Allons, fiers dictateurs ! entrez dans la balance !
Puisque de l'avenir vous tenez le chaînon,
Luttez avec Louis ! — Qu'apporte-t-il? — Un nom !
C'est trop peu, dites-vous ; c'est trop peu pour la France !
    Et la France répondra non !

Et pourtant, regardez : — Elle est tranquille et calme ;
Vos fers étaient trop lourds, — ils ont donné l'éveil ;
L'heure qui va sonner, c'est l'heure du réveil,
Et désormais, seigneurs, votre sanglante palme
    N'obscurcira plus son soleil !

A genoux ! à genoux ! à votre âpre morale

Le peuple souverain répondra cette fois ;

Entre un grand Prince, et vous, il a su faire un choix,

Et sa main de géant dans l'urne électorale,

    A jeté six millions de voix.

Déchirez, ô tribuns ! votre rouge tunique ;

Dans nos chairs, votre tigre a laissé — l'imprudent !

Et sa dernière griffe et sa dernière dent. —

Il est mort à jamais et, de la République,

    Napoléon est Président !...

1848 · 1852.

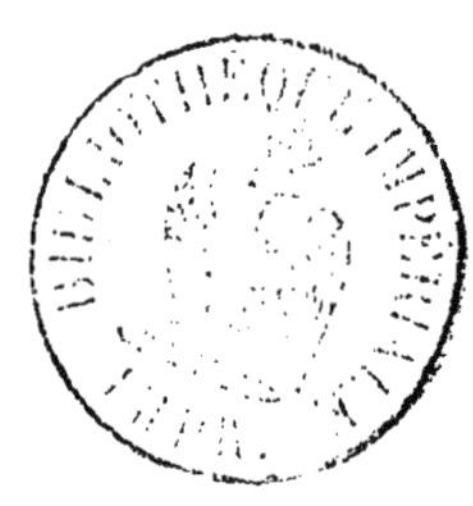

—

I.

Ainsi qu'on voit, après l'orage,

Le ciel recouvrer son azur,

Le soleil percer le nuage

Et briller d'un éclat plus pur ;

Telle on a vu la France heureuse

Déchirer son linceul jusqu'au dernier lambeau,

Puis, soudain, relevant sa tête glorieuse,
Comme une étoile radieuse,
Sortir vivante du tombeau.

Fils des Gaulois, ne versez plus de larmes!
Plus d'angoisses et plus d'alarmes !
L'élan patriotique a réchauffé les cœurs,
Et les vaincus d'hier sont aujourd'hui vainqueurs !
Mais au moins, dans la lutte, aucune main flétrie
N'enfonça le poignard au sein de la patrie ;
Chacun sous sa bannière abrita sans danger
Le principe ou le nom qu'il voulait protéger ;
Du vote universel appliquant la science,
Chacun a pu combattre avec sa conscience :
Sage et grande leçon, d'immortel avenir,
Que nous avons donnée aux peuples à venir !
Français, ne craignez plus l'émeute dans la rue !
Paisible laboureur retourne à ta charrue ;
Ta force désormais est dans un bulletin !
Si l'anarchie, un jour, ramenait la tempête,
Nous avons, pour frapper et son cœur et sa tête,
L'urne, — le vote, — le scrutin.

En assumant sur lui la suprême puissance,
Louis-Napoléon vient de rendre à la France
Son repos, son honneur, sa majesté, son rang ; —
Ses indignes tribuns, à si douce parole,
Désormais ne pourront salir son auréole
    Avec de la boue et du sang !

II.

Cependant les partis, dans le fond de leur âme,
Nourrissaient en secret le monstrueux espoir
De renouer encor leur odieuse trame,
Et nos agitateurs s'étaient dit : « Au revoir !
    « Il ne faut pas qu'à notre rêve
    « Succède la réalité ;
    « Il faut, malgré tout, qu'il s'achève,
    « Dût-il tuer l'égalité ! »

    Ainsi nous rivaient à la glèbe
    Sept cent cinquante potentats

Remuant à plaisir la plèbe,
Par eux transformée en soldats!

III.

Maintenant voyez-les! — ils inclinent la tête !
Le plus fier, souffletant sa propre dignité,
Présente au peuple une requête
Et mendie à genoux l'éligibilité.

« Naguère citoyens rebelles,
« Nous cédons, disent-ils, à la voix du pays :
« Nous voulons alléger vos souffrances réelles ;
« Nous serons désormais vos avocats soumis! »

Ils nous leurraient avec ce songe,
Pour saisir le pouvoir et grossir leur trésor ;
Mais pour attester leur mensonge,
Le sang de nos soldats sur eux fumait encor !

IV.

Qu'ils étaient beaux à voir ces félons en délire,
Eux-mêmes esquissant à grands traits leur satire :
  « Que nous fait un échec, messeigneurs? aujourd'hui,
  « C'est pour nous, pour nous seuls que le soleil a lui !
  « Comment donc, dites-nous, avec notre faconde,
  « N'arriverions-nous pas à régenter le monde?
  « De l'art de gouverner on a fait un métier ;
  « On est représentant comme on est charpentier ;
  « Le moindre portefaix, que le bon peuple nomme,
  « Est payé vingt-cinq francs et devient un grand homme;
  « Le plus mince avocat, préconisant sa foi,
  « Pour régner à son tour, a son code et sa loi;
  « Au milieu du Forum il lance l'anathème,
  « Traitant tout d'utopie, excepté son système ; —
  « Et dans un tel chaos, que pourrait le destin
  « Contre Albert, Louis Blanc, Caussidière ou Rollin? »

Ils souriaient alors, — mais d'un sourire infâme ; —

La rougeur du mépris n'atteignait pas leurs fronts. —
De leur torche assoupie ils ranimaient la flamme,
Et vouaient le pays à de nouveaux affronts ! —

V.

Cénacle, ou plutôt mosaïque,
La Chambre s'ouvre enfin,—prête à porter ses coups;
Elle se meut ainsi qu'une ombre prophétique
  Entre le Président et nous.

« Je tiens la balance du juste, »
Dit-elle, à toute voix;—et ce caméléon
Se croit plus superbe qu'Auguste,
Plus puissant que Napoléon !

Mais à peine il s'est mis à l'œuvre,
Sous un air paterne et bénin,
Que, déjà, l'on voit la couleuvre
Jeter sa bave et son venin !

Sur ces gens au cœur irascible,
La douleur glisse et ne peut rien ;
Si le mal leur est impossible,
Ils sauront empêcher le bien !

Et si le Président se montre noble et ferme,
Si pour la République il rêve des splendeurs,
A nos troubles civils s'il cherche à mettre un terme,
Rien n'arrêtera leurs clameurs !

Et si, malgré ces bons apôtres,
Le Prince est adoré, — tous ils conspireront,
Les uns dans nos foyers, — les autres
A Wiesbaden, — à Claremont !

Ces Romains, nés d'hier, avant tout lui reprochent
La grandeur de son nom, et, par un art nouveau,
Habiles à souiller tout ce dont ils approchent,
Ils mettent tout à leur niveau !

VI.

A peine cessait la tourmente,

Qu'encore toute haletante,

La France recevait du ciel,

Pour adoucir ses maux, quelques gouttes de miel !

Déjà l'ordre public a repoussé la meute

Des dogues et des loups qui fomentaient l'émeute ;

Déjà le débitant sourit dans son comptoir,

Au passant qui, tranquille, arpente le trottoir ;

Le rentier applaudit à la marche ascendante

Et des chemins de fer et du cours de la rente ;

L'élegant, en coupé, voltige à peu de frais

Des bords de l'Élysée au paisible Marais ;

Le riche, moins craintif, hasarde dans sa course

De desserrer un peu les cordons de sa bourse ;

Le travail a repris, et, dans les ateliers,

Renaît avec le jour le chant des ouvriers ;

Le peuple satisfait, admirant l'homme sage

Qui vers un meilleur sort lui trace le passage,

Prosterné dans le temple, a rendu grâce à Dieu ; —
Et voilà que l'on cherche à rallumer le feu !
Voilà que, sans pitié, la horde politique
Conspire à ciel ouvert contre la République !
Et voilà que docteurs, scribes et faux chrétiens
A s'entre-déchirer poussent les citoyens ! ! !

Au lieu de la braver par leur outrecuidance,
Que ne laissent-ils donc se prononcer la France ? —
Le droit divin veut-il que ce soit par le sang
Que l'on puisse, chez nous, s'asseoir au premier rang ?
Vit-on jamais d'ailleurs, arrêté dans sa course,
Un fleuve impétueux remonter vers sa source ? —

Non, le fleuve a son but et, lorsqu'il le franchit,
La Providence est là pour lui creuser un lit ! !

VII.

Implacables Caïns, aux instincts sanguinaires,
Quand cesserez-vous donc d'assassiner vos frères ?

Qui met entre vos mains et le fer et le feu ?

Jusques à quand, pour nous, alourdissant sa chaîne,

    Verra-t-on se poser la haine

    Entre la France et Dieu ?

Louis-Napoléon a tenu sa parole ;

De rayons toujours purs brilla son auréole,

C'était notre arche sainte, et le ciel nous riait !

A peine parmi nous, l'héritier du grand homme

    D'un mot avait relevé Rome :

      Rome à genoux priait !

Oui, lorsque la patrie allait faire naufrage,

Habile nautonnier, lui seul eut du courage ;

Lui seul, exécuteur du texte de la loi,

De Constantin-le-Grand ressuscitant l'exemple,

Du vicaire du Christ il délivra le temple

Et rendit plus sacré l'étendard de la Foi !

Arbitre dévoué de la chose publique,

Ce qu'il voulait pour nous, c'était la République,

Mais non pas la terreur, — ce monstre sans merci ! —

Et voilà que partout à la démocratie

La fusion promet sa force d'inertie !

L'ordre conspire aussi !

VII.

Oui, leur bannière est arborée ;

Les méchants sont debout ; la patrie éplorée

Tremble de les voir triomphants. —

Ils rêvent de nouveau de civiles batailles ;

Ils veulent, du pays déchirant les entrailles,

Égorger encor ses enfants !

Rien ne grandit par eux ; rien par eux ne se fonde,

Ils veulent renverser le monde,

Leur victoire n'est qu'à ce prix !

A leur rage insensée, orgueilleuse, grossière,

Qu'importe que le sol soit réduit en poussière ?

Ils trôneront sur ses débris !

Aussi, de tous les cœurs, l'espoir fuit comme une ombre ;

Terni par le présent, l'avenir se fait sombre :

Partout le doute s'est accru.

L'enfer semble pourvoir à notre destinée ;

Par l'effroi du passé toute âme est dominée ;

L'astre de paix a disparu !

De nouveau l'artisan voit venir la Misère ;

Il voit poindre la Faim, tenant une vipère,

Que le mensonge lui cachait ;

L'atelier se referme et, dans la grande ville,

La Peur au teint livide et la Démence hostile

Sur nos fronts ont mis leur cachet !

Cependant nous touchons au moment de la crise ;

De la société le cœur se paralyse,

Les capitaux ont émigré :

Ce n'est de tous côtés que peine et que souffrance ,

Comme si tout-à-coup se ruait sur la France

Un élément pestiféré !

Notre heure d'espérance avait été si brève ,

De si courte durée avait été la trève ,

Que chacun, en versant des pleurs,

Demandait à grands cris si Dieu , dans sa colère,

N'avait pas résolu de noyer notre sphère
Dans un océan de douleurs !

VIII.

C'est en vain que, dans sa sagesse,
Louis-Napoléon veillait,
Qu'il déplorait notre tristesse,
Que plus que nous il s'attristait.

Fort de son droit, de sa clémence,
Il attendait au lendemain ;
Compatissant pour la démence,
Heureux, il lui tendait la main.

Mais quand il vit que la tempête
Noire de crimes s'avançait,
Son pied dut écraser la tête
Du serpent qui le menaçait.

Plus prompt que l'éclair, que la poudre,

L'aigle d'Austerlitz, d'Iéna,

D'un coup d'œil fit signe à la foudre,

Et le deux Décembre tonna !

Et l'on vit tomber ces pygmées

Qui, renversés par un géant,

Croyaient que le Dieu des armées

Viendrait les tirer du néant !

IX.

Louis-Napoléon à son peuple en appelle,

Et, cette fois encor, la nation fidèle

Du pouvoir souverain lui décerne le prix ;

Unanime, s'il le proclame,

S'il lui remet son oriflamme,

C'est que tous deux se sont compris !

Aussi, lorsque l'émeute agite la province,

Et qu'elle croit pouvoir en imposer au Prince,

Lui nous présage un doux réveil.

Il nous dit : Les félons ont cessé de combattre ;
L'aigle gravite aux cieux, nul ne saurait l'abattre ,
        Il plane à côté du soleil !

        Et la Gaule a brisé sa chaîne :
Belle de son suffrage et de sa liberté,
        Jamais on ne vit souveraine
Briller de plus d'éclat, de plus de majesté ; —
        Elle foule aux pieds la folie , —
        Et dans son cœur elle a relu
        Le nouveau pacte qui la lie
        A l'avenir de son Élu.

        Dès lors plus rien ne la courrouce ;
        Avec mépris elle repousse
        Ces visions, spectres hideux ,
        Qui ne sont plus que des atomes ; —
        La foudre a tué les fantômes
        De mil huit cent cinquante-deux !

Des maux qu'il a soufferts reconnaissant la cause,
Le pays tourmenté respire, se repose ;
Après quatre ans d'orage, il a gagné le port.

Et le Prince est heureux ! — Il a dans sa patrie
Rendu plus chère encor la liberté chérie ;
    Son étoile a vaincu le sort !

Avec lui tout renaît ! — le Très-Haut le protége !
De l'amour de son peuple il fera son cortége.
Le présent nous sourit, brillant est l'avenir,
Et de la noble France on comprend le délire :
De son grand Empereur, de ce que fut l'Empire,
    Elle a gardé le souvenir !

Paris. — Imp. Lacour et Cⁱᵉ, rue Soufflot, 15.

VOYAGE

DANS LE

MIDI DE LA FRANCE.

VOYAGE DANS LE MIDI DE LA FRANCE.

Première Partie.

—

I.

La vapeur a grondé ; — dans les locomotives
L'eau bouillonne et rugit, — et déjà des deux rives
    Tous les abords sont envahis :
Louis-Napoléon, dans sa toute-puissance,
    Va rendre visite à la France,
    Il va consulter le pays !

« Allez, nouveau César ! » — dit la foule empressée ; —

« Allez, on vous attend ; la couronne est tressée ;

  « De ville en ville, tour-à-tour,

« Allez du cœur du peuple interroger l'artère ;

  « Le peuple ne sait point se taire,

  « Ce jour est pour lui le grand jour ! »

Et le torrent s'écoule, et le regard du maître,

Lorsque loin du torrent il était emporté,

Semblait dire à la foule : « A mon retour peut-être

« Je marierai ma gloire à votre liberté ! »

II.

Le char de feu s'élance dans l'espace !

  Et de partout, alors qu'il passe,

On salue, on bénit l'auguste voyageur ;

Mille vœux parvenant à la céleste voûte,

  Volent vers Dieu, qui les écoute

  Et qui sourit à l'empereur !

D'arcs-de-triomphe, de guirlandes,

Les populations ont jonché le chemin ;
Preuves de vérité, chatoyantes offrandes,
    Qu'elles lèguent au lendemain !

Et de tous les côtés, du fond de nos campagnes,
Du plus haut de nos bourgs, du plus haut des montagnes,
Le peuple est devant lui, comme un flot agité
    Qui, fatigué par la tempête,
Voit briller le soleil et vient courber la tête
        Devant sa majesté !

Ici les députés des plus humbles familles, —
Là, de jeunes soldats, — plus loin de jeunes filles, —
Et le riche et le pauvre, ensemble confondus ;
Chacun lève les yeux au ciel qu'il remercie,
Car avant le retour de ce nouveau Messie,
    Tous, hélas ! se croyaient perdus,

III.

Soyez heureux, agréez, Prince.

Ces modestes trésors que l'heureuse province
Répand sur chacun de vos pas !
Hâtez-vous ! hâtez-vous ! j'entends qu'on vous appelle,
Et Bourges vous attend là-bas,
Le front paré d'une immortelle !

IV.

Bourges ! tu fus jadis un objet de mépris
Pour ceux qui du passé méconnaissent le prix :
Moi, je te vois, au temps de la grandeur romaine,
Le siége principal de la Gaule Aquitaine,
Briller par ton commerce, et neuf cents ans plus tard,
De la foi des chrétiens devenir le rempart.
C'est alors que l'on vit surgir ta cathédrale
Qui, maintenant encor, grave et monumentale,
Survit, géant gothique, aussi belle à nos yeux
Qu'elle le fut jadis à ceux de nos aïeux. —
Dans ton sein, Charles Sept cacha son infortune,
Lorsque de vingt cités il n'en trouvait pas une
Qui voulût protéger, qui voulût recevoir
Celui qui n'avait plus qu'une ombre de pouvoir.

L'Anglais avait conquis presque toute la France,
Charle avait tout perdu, le sceptre et l'espérance ;
Sans amis, sans argent, il fuyait son vainqueur :
Il ne lui restait plus que Bourge et Jacques Cœur.
Ce grand homme l'accueille, il conjure l'orage ;
Il console le prince, il lui rend son courage ;
Dans son patriotisme il ouvre son trésor,
Et remet dans ses mains deux cent mille écus d'or. —
Agenouillé devant la royale personne,
Il lui sauve l'honneur, il lui rend la couronne,
Et fier d'avoir calmé ses augustes douleurs,
Il lui baise une main qu'il arrose de pleurs ;
Puis en le bénissant, comme ferait un père,
Il présage au monarque un destin plus prospère. —

Ah, quel que fût le sort que Dieu lui préparât,
Pouvait-il supposer que Charles fût ingrat ?

Aussi de Jacques Cœur la maison rajeunie
Est encor de nos jours une maison bénie ;
Dans ses murs vénérés, dans ce séjour si cher,
Louis-Napoléon voit les enfants du Cher
Transportés d'allégresse et de reconnaissance,

Avec enthousiasme acclamer sa présence,

Heureux, lui témoigner leur respect, leur amour,

Parmi leurs souvenirs buriner ce beau jour,

Et, pleins de foi, pleins d'espérance,

Pousser ce double cri, parti du fond du cœur :

« Vive le Sauveur de la France,

« Vive à jamais notre Empereur ! »

César, pousuivez votre route,

A la France parlez , la France vous écoute ,

Partout le même élan, partout le même cri ! —

Au milieu de ses vieux Alcides,

Sous le dôme des Invalides,

L'ombre du Grand Homme a souri !

V.

Sous des fleurs, sous des arcs, Napoléon traverse

La Nièvre, la Loire et l'Allier ;

Et Moulins, et Roanne, ont voulu marier

Les riches tributs du commerce

Aux tributs des beaux-arts, à ceux de l'ouvrier.

VI.

Mais le Prince a touché les murs de Saint-Étienne !
Tout a changé d'aspect :—que l'on aille ou qu'on vienne,
Ce n'est qu'un même bruit, dans ce sombre manoir,
Les murs et les maisons, les pavés, tout est noir ; —
A voir ces forgerons, aux rudes enveloppes,
On croirait pénétrer dans l'antre des Cyclopes.
Là, vous n'apercevez qu'industrieux Vulcains
Qui, de leur naturel, fort peu républicains,
Vivant de leur travail sans peur et sans alarmes,
Nous assurent la paix en nous forgeant des armes.
Si d'un autre côté vous promenez les yeux,
Vous voyez les auteurs de ces fils précieux,
De ces riches rubans, de ces gazes légères
Dont tant de nations sont humbles tributaires.
Si ce n'est point pour eux que fleurit le laurier,
Ils savent ennoblir l'âme de l'ouvrier. —
Et n'allez point penser que cet homme au teint hâve
Se croie un mercenaire, un ilote, un esclave !

Non, non, — dans son labeur il puise sa fierté ;

Il a saisi le sens du mot de liberté ; —

S'il mêle ses accents à ceux de la province,

S'il quitte l'atelier pour acclamer le Prince,

S'il vient le saluer du titre d'empereur,

C'est qu'il voit en lui seul un père, un protecteur,

Dont la sollicitude et le rare génie

Veulent dans tous les cœurs rétablir l'harmonie,

Sur la terre française étendre ses bienfaits,

En éloigner la guerre, en assurer la paix !

Fille active de l'industrie,

Saint-Étienne est aussi fille de la patrie,

Qui fit, sur son drapeau, graver en lettres d'or :

Ave Cæsar imperator !

VII.

Quelle est cette immense cohorte

De prêtres, de soldats, de commerçants joyeux,

Poussant au loin des cris que le zéphyr emporte ? —

Quel est ce bruit harmonieux
De célestes accords, — de chants religieux ? —

C'est une ville bien-aimée,
Lyon qui, pour fêter Louis-Napoléon,
Semble avoir réuni, comme en un panthéon,
Le clergé, le peuple et l'armée ! —

Au Prince longtemps attendu,
C'est la vérité toute nue
Que Lyon veut montrer. — Lyon était perdu :
Son amour le relève ; il a touché la nue, —
De bonheur il est éperdu !

VIII.

Salut, trois fois salut, ô toi qui vois au Rhône
Se marier les eaux de la paisible Saône,
Lyon, incomparable, admirable cité !
Et dont le nom célèbre en tous lieux est cité,
Sous le joug des Romains jouant le premier rôle,

Tu fus pendant longtemps le centre de la Gaule;

Et leurs fiers proconsuls, dans tes nobles remparts,

Se drapaient dans la pourpre à l'égal des Césars.

Sur les siècles passés lorsque je m'interroge,

Je vois avec bonheur le paisible Allobroge,

Abandonné, trahi, chassé de ses foyers,

Rencontrer dans tes murs des cœurs hospitaliers,

Et touché de l'abri trouvé dans la commune,

Avec toi désormais faire cause commune.

Des champs de l'Italie, exilés, orphelins,

Génois laborieux, Guelfes et Gibelins,

Fuyant les oppresseurs dont ils étaient la proie,

Te dotèrent de l'art de travailler la soie.

De là ta renommée et ta gloire ; — et depuis

Tu fournis l'univers de ces rares produits

Dont la perfection n'eut jamais de rivale...

— De la France, plus tard, seconde capitale,

Lyon, de l'industrie unique conquérant,

Aujourd'hui, l'on te voit briller au premier rang.

Mais hélas ! héroïque entre toutes les villes,

Combien de fois, martyr de nos guerres civiles,

Lorsque d'un faux espoir ton cœur était bercé,

Le sang de tes enfants ne fut-il pas versé ? —

Sous prétexte de cause et de patriotisme,

Jouet de vingt partis, jouet du fanatisme,

Par les ambitieux ou séduit ou raillé,

Tantôt flatté par eux et tantôt mitraillé,

Détrompé maintenant sur le compte des traîtres,

Tu connais la valeur de ces coupables maîtres

Qui, pour te rendre esclave, ont toujours eu pour but,

En t'anéantissant, d'assurer leur salut.

— Ne crains plus maintenant un destin si funeste :

Tes ennemis ont fui ; — Napoléon te reste !

Toi-même tu le sens, tu n'as plus aujourd'hui

De véritable foi, d'espérance qu'en lui ;

Tu t'estimes heureux de lui donner des preuves

Qu'après avoir passé d'aussi rudes épreuves,

A jamais revenu d'une trop longue erreur,

Tu reconnais en lui ton troisième empereur !

IX.

Oh ! qu'il est doux, après les jours d'orage,

De voir un séduisant mirage

S'offrir à nos yeux attristés !
Qu'il est doux de penser que la mère-patrie
Ne verra plus ni sa gloire flétrie,
Ni ses enfants disséminés !

Hier encor la province, accablée
Sous l'invincible poids de sa propre torpeur,
Semblait un vaste mausolée
Sur lequel s'agitaient et la honte et la peur !

Aujourd'hui la voilà, vive, pompeuse et leste,
Fêtant de la voix et du geste
Le sauveur qui, venu du ciel,
Des révolutions franchit le labyrinthe,
Et, dans notre coupe d'absinthe,
A grands flots fait couler le miel !

X.

La France a soif de nobles destinées.
Des impériales années

Rien dans son souvenir n'est encore effacé :
C'est à la gloire qu'elle aspire;
Elle veut recréer l'Empire
Et ressusciter son passé !

Combien ces fêtes sont brillantes !
Et que les peuples sont heureux !
Plus que jamais belles et scintillantes,
Et gravitant au haut des cieux,
Les étoiles semblent, pour eux,
Enrichir tout-à-coup leurs robes transparentes !

Partout des ris, des danses et des chants :
Les cris de la douleur ont fait place à la joie;
Aux haillons de la veille a succédé la soie. —
Rempli de souvenirs touchants,
Pour voir le souverain que le ciel nous envoie,
Le laboureur a déserté les champs !

Rien de plus grand ! rien de plus noble !
Pourtant, Prince, hâtez le pas !

Si ces preuves d'amour ont pour vous des appas,

Elles ne vous failliront pas.

Le même accueil vous attend à Grenoble !

PARIS. — Impr. LACOUR ET Ce, rue Soufflot, 16.

VOYAGE DANS LE MIDI DE LA FRANCE.

Deuxième Partie.

I.

Antique Cularo, quand le Romain vainqueur
Eut sur tes braves fils épuisé sa fureur ;
Lorsque ivre de ton sang, cet implacable maître
De tes rêves passés eut tout fait disparaître,

Gratien, l'empereur, fit rebâtir tes murs
Plus vastes et plus forts, et plus tard moins obscurs. —
Afin que l'avenir conservât ta mémoire,
Il te donna son nom et te rendit ta gloire ;
Tu sortis de ta cendre, et l'on t'a vu depuis
Opposer ton courage à tous tes ennemis !

Quelques siècles après, lorsque les temps s'écoulent,
Avec plus de grandeur tes fastes se déroulent :
D'une part confinée aux monts Helvétiens,
Et de l'autre adossée à ceux des Savoisiens,
Je t'admire surtout quand tu deviens chrétienne ! —
Nulle doctrine alors ne dépassa la tienne ;
Tes prélats, tous imbus de l'immortelle foi,
Des préceptes sacrés se firent une loi.
Leur voix évangélique et constamment soumise
Respecta les décrets du chef de notre Église ;
Mais dans plus d'un concile on les vit, éloquents,
Repousser toute atteinte aux statuts gallicans. —

Lorsque le duc Humbert, dans sa munificence,
T'eut léguée, en pur don, au monarque de France,
Sanctuaire d'honneur, jamais ton parlement

Ne rendit un arrêt contraire à ton serment,
Et plus d'un malheureux y trouva le refuge
Qu'il a lieu d'espérer de son suprême juge.

Lorsque, en quatre-vingt-neuf, la grande nation,
Géante, eut enfanté la révolution
Qui, dans sa marche ferme, inaltérable, austère,
A fini par changer la face de la terre ;
Que les Français, unis par les mêmes liens,
D'esclaves qu'ils étaient devinrent citoyens ;
Dans un élan sublime, on te vit des premières
Du droit de liberté répandre les lumières ; —
On te vit proclamer tous les hommes égaux ; —
Ta voix électrisa les États-Généraux ; —
Tu te sacrifias au progrès, dont la France
Voulait construire alors son arche d'espérance,
Et de leur sang, tes fils, et Barnave et Mourrier,
De leur ardent civisme ont payé le laurier.

— Plus tard, lorsque parut le nouveau Charlemagne
Tu le suivis partout, de campagne en campagne,
Du Nil aux bords de l'Elbe et de la Moscowa ;
Et quand de ce héros la course s'acheva,

Lorsqu'ayant succombé sous la haine des traîtres,
La France dut subir le joug de nouveaux maîtres;
Après Fontainebleau, quand le grand Empereur
Dans l'île d'Elbe alla consulter son malheur,
Toujours suivant des yeux sa haute destinée,
Tu ne pensas jamais sa gloire terminée !

— Aussi quel ne fut pas ton magique transport,
Le jour où, d'un seul bond, où, plus grand que le sort,
Le lion indomptable eut secoué sa chaîne ! —
Sur la rive française il abordait à peine,
Que, fixant les regards sur ton beau ciel d'azur,
Cherchant un dévoûment inaltérable et pur,
Tu réponds à sa voix ! — Alors c'est une ivresse
Immense, frénétique ; — autour de lui se presse
L'élite de la France, et ses vieux serviteurs
Versent pour lui le sang qui bouillonne en leurs cœurs.

Dans les fastes français, jamais ville immortelle
Ne transmit à l'histoire une page plus belle. —
Grenoble, honneur à toi ! — ton nom vivra toujours ;
Ta gloire a consacré la gloire desC ent-Jours !

II.

Et de ce noble amour, dont Grenoble en son âme
Avait comblé jadis Napoléon premier,
Elle vient uujourd'hui de raviver la flamme
        Pour l'offrir à son héritier.

        De cette marche triomphale ,
        Prince, vous devez être fier ;
Votre gloire demain n'aura plus de rivale ,
        Et cependant elle est d'hier !

        Vous avez bu la coupe amère ! —
        On força votre dignité
        A demander à la terre étrangère
        Les droits de l'hospitalité !
        Mais quelle douce récompense,
Pour tant de maux qu'il vous fallut souffrir ! —
        Un peuple entier vers vous s'avance ,
        Pour vous défendre et vous bénir!

III.

Prince, vous voici dans Valence ;
Mais quand vous traversez ces magiques plateaux,
Que le Rhône avec violence
Vient effrayer de ses puissantes eaux,
Ce n'est pas seulement la populaire joie
Qui vous sourit à l'avenir,
C'est un noble penser que le ciel vous envoie :
Saint et glorieux souvenir !

— Le Grand Homme a vécu sur cette riche plage ;
C'est là qu'il commença la mémorable page
Où son nom devait être inscrit ;
Que, lieutenant d'artillerie,
Il préludait, dans son génie,
Aux travaux surhumains que rêvait son esprit !

— Et l'écho vous redit qu'à son passé fidèle,
Valence a buriné, dans le fond de son cœur,

Le nom du colosse-empereur
Près de celui de Marc-Aurèle (1) !

IV.

Salut à toi, mémorable Avignon !
Joyau de notre sol, qui ne connaît ton nom ?
Du monarque René fille aimable et chérie,
    Le Rhône est aussi ta patrie.
Mais ainsi que ses flots, tes fils impétueux
Veulent que tout s'abaisse et fuie devant eux. —
Le Romain t'adorait : — il t'a dans sa tendresse
Choyée et caressée ainsi qu'une maîtresse.
Conquérant égoïste, il aimait ton air pur,
Tes champs, tes oliviers, ton firmament d'azur.
Jaloux de tes attraits, cet amant idolâtre
Te fit présent d'un cirque et d'un amphithéâtre,
Où de fiers proconsuls, où des triomphateurs

(1) Nom du libraire chez qui le jeune lieutenant d'artillerie allait prendre et *chercher lui-même* tous les livres qu'il voulait consulter.

Venaient boire le sang de tes gladiateurs. —
Mais de tout cet amour devant qui l'on recule,
Il ne te reste plus que le temple d'Hercule,
Et ces vastes débris et ces vieux monuments,
Des âges écoulés éternels ossements.....

Onze siècles après, ma mémoire est charmée
De l'éclat de ta gloire et de ta renommée !
A tes concitoyens je vois la papauté
Demander un asile, — et notre loyauté,
Fidèle à son mandat, recevoir le saint Père,
Établir dans tes murs le trône de Saint-Pierre,
Et par le vœu de tous, par la raison d'État,
Lui donner Avignon, l'ériger en comtat.

— Mais de loin, je vois plus que l'ombre d'un monarque,
J'écoute les baisers de Laure et de Pétrarque :
Je crois les voir encore, en ce jour solennel,
Se jurer l'un et l'autre un amour éternel ;
Je les entends parler et, si je ne m'abuse,
Leur voix se mêle encore à celle du Vaucluse.

— Jetons l'épais manteau des plus épaisses nuits

Sur les jours malheureux que la haine a produits.
Ce n'est pas à ton âme heureuse, qui respire,
Que je voudrais jeter un passé qui déchire ;
Le bonheur a fait place aux regrets superflus,
Et tu donnes ton cœur à l'Élu des élus.

V.

C'est donc fête partout ?... Mais j'aperçois Marseille,
Et je cours admirer cette cité-merveille.

Trois mille ans écoulés, ses champs élyséens
Devinrent un abri pour quelques Phocéens,
Qui, chassés par les vents des côtes d'Italie,
Vinrent édifier les murs de Massilie.
Modeste et bien chétive et bien pauvre d'abord,
Pouvait-elle prévoir la grandeur de son sort ? —
Avant que de franchir les colonnes d'Alcide,
Les Phéniciens, cherchant le sol cassitéride,
Pour aller effrayer les sauvages échos
Des Bretons indomptés, des Pictes et des Scots,

Pour aller arracher au sein de cette terre
L'étain, le fer, le plomb de l'aride Angleterre,
A Marseille, en passant, faisaient toujours le don
De la pourpre de Tyr, des trésors de Sidon ;
Et Marseille bientôt, dans sa fière opulence,
Avec Rome traita de puissance à puissance,
Jusqu'au moment fatal où le géant romain
Finit par l'étouffer entre ses bras d'airain. —

Mais elle était trop grande et trop riche et trop belle
Pour que l'adroit sénat en fît une rebelle :
Elle fut toujours libre et l'on vit les Césars
Protéger son commerce, embellir ses remparts.
Rome adora son luxe, éclaira son génie,
L'aima comme une sœur, comme une autre Ausonie,
Choya ses citoyens, lui conserva ses lois,
Ce qu'on la vit partout refuser aux Gaulois. —

Lorsque de l'Orient des essaims de barbares,
Hérules, Visigoths, Huns, Vandales, Avares,
Du Don et du Dniéper eurent franchi le cours,
Se furent vers le sud, ainsi que des vautours,
Abattus, — traversant les montagnes alpines

Pour aller dévorer la ville aux sept collines,
Toi seule, t'opposant à ce choc destructeur,
Si tu perdis un peu de ta vieille grandeur,
Toi seule, toujours ferme en ton patriotisme,
Du moins sus résister aux flots du vandalisme !
Et quand de la tempête eut cessé la fureur,
Eclipsée un moment, tu repris ta splendeur :
Surnageant au milieu de l'immense naufrage,
Marseille, tu devins l'astre du moyen-âge !
Digne de ta naissance, avare de tes droits,
Heureuse d'obéir au plus heureux des rois,
A ce bon roi René, chéri de la Provence,
Sur les rives du Var, aux bords de la Durance,
Asile des beaux-arts, asile des amours,
Tu mêlais ton orgueil au chant des troubadours.
Sommeillant quelquefois, mais jamais endormie,
Des peuples commerçants tu fus toujours l'amie ;
Dans ton activité, souveraine des eaux,
Avec ceux de Venise on a vu tes vaisseaux,
Fiers de ta gloire antique et jamais surannée,
A leur joug asservir la Méditerranée,
Lutter d'enthousiasme et, comme auparavant,
Ramener dans ton sein les trésors du Levant.

— Plus tard, lorsque tu fus réunie à la France,
Dans plus d'un mauvais jour tu fus son espérance ;
Pour tes frères du Nord ton cœur fut toujours chaud,
Jamais ton dévoûment ne leur a fait défaut ;
Alors qu'on menaçait le sol de la patrie,
Tu lui donnas ton or, tu lui donnas ta vie,
Et toujours l'on t'a vue, admirable cité,
T'éveiller la première au cri de liberté ! —

Ne jetons pas les yeux sur cette heure fatale
Où s'alluma pour toi la lampe sépulcrale,
Où l'enfer, dans sa rage, enfanta le dessein
De porter l'épouvante et la mort dans ton sein,
En attentant aux jours du visiteur auguste
Qui, moderne Titus et si bon et si juste,
Désireux comme lui de faire des heureux,
Accourait dans tes murs pour recueillir tes vœux ! —

Ton indignation a puni les infâmes ;
Elle a désavoué leurs infernales trames ;
Tu les as tous maudits, — et leur arrêt vengeur
Est dans tes cris d'amour donnés à l'Empereur.

VI.

Mais j'entends s'agiter la vague populaire ;
    Et j'entends la voix du canon
    Il tonne, il ébranle la terre ! —
      Le Prince est à Toulon.

Toulon, à deux mille ans se reporte ta gloire !
Ton premier fondateur, à ce que dit l'histoire,
S'illustra sous le nom de Télo-Martius,
Consul qui descendait du grand Hostilius.
Alors que l'Occident, désespéré, malade,
S'apprêtait à mourir sous le sceptre d'Arcade,
Ton active industrie, allant toujours croissant,
Allait porter la pourpre au César languissant.
Par les enfants d'Omar par trois fois ruinée,
Peut-être allais-tu voir·finir ta destinée ;
Peut-être recherchant dans tes fastes obscurs,
A peine on trouverait vestige de tes murs,
Si, de toi glorieux, les comtes de Provence

Ne t'avaient point rendu la vie et la puissance.

    Depuis, les rois de France ont compris ta valeur,

Ils t'ont donné la force, ont accru ta splendeur,

Et soumis à tes lois la Méditerranée.

Si ton intacte gloire un jour fut profanée,

Si le drapeau breton salit ton horizon,

C'est que pour te livrer veillait la trahison ;

C'est que les fiers Anglais et la flotte espagnole

N'avaient point entendu ta puissante parole ;

C'est que Dieu te sauvait ; — c'est que Napoléon

D'un seul geste devait éterniser ton nom ! —

Le Grand-Homme apparaît : il commande, il foudroie

Les traîtres qui de toi voulaient faire leur proie !

Et les traîtres, honteux et réduits au néant,

Laissent le monde entier au pouvoir d'un géant.

Hélas ! a disparu ce brillant météore... —

Mais non ! —Toulon, sur toi son astre veille encore :

Cet astre, c'est le Prince, — et son désir ardent

Est que tu sois Neptune armé de son trident,

Que ta cité célèbre et jamais alarmée

Voie, de jour en jour, grandir sa renommée.

Fière de sa grandeur, fière de ses vaisseaux,

Rempart du sol gaulois, souveraine des eaux,

Toulon sera toujours mère de la patrie,

Protégeant à la fois la France et l'Algérie !

VII.

Le jour paraît !... Que l'on s'apprête ;

Accourez tous, gais jouvenceaux,

Revêtez vos habits de fête ;

Entonnez vos chants provençaux,

Et de la plaine et des campagnes,

Au son du galoubet, au son du tambourin,

Amenez vos jeunes compagnes

Pour saluer le souverain.

Accourez, bergers et bergères,

Formez son cortége d'honneur ;

Vous le verrez sourire à vos danses légères,

Et sourire à votre bonheur.

Arlésiennes aux doux visages,

Aux chaperons de soie et de velours,

N'oubliez pas vos séduisants corsages

Cousus par la main des amours ;
Faites rougir les Andalouses,
Dans leurs cœurs laissez des regrets ;
Rendez vos rivales jalouses,
De votre pied, de vos attraits.
Allez de là, troupe folâtre,
Heureuses de votre destin,
Admirer votre amphithéâtre,
La tour du palais Constantin,
Et ces édifices antiques,
Et ces vieux arcs et ces vieux chars,
Et les débris de ces portiques,
Témoins du faste des Césars.

Paris. — Impr. Lacour et C', rue Soufflot, 16.

Troisième Partie.

—

I.

Prince, plus loin encor portez votre regard ;
Poursuivez votre course et franchissez le Gard !
Ses rives, maintenant, calmes et reposées,
Du sang de ses enfants ne sont plus arrosées ;

6

Ses habitants heureux sont retournés aux champs,
Et leur ciel embaumé retentit de leurs chants !
   Sous un modeste habit, voyez venir ce pâtre :
La nature est son Dieu, sa reine, son théâtre ;
La paix est son soleil, il en connaît le prix ;
Il est simple, il est bon, et son âme a compris,
Que l'on se plaît à vivre aux rayons de cet astre,
Qui, lorsqu'il est caché, n'enfante que désastre.
   « Mais qui te l'a donnée, ami? » lui dira-t-on.
Et son cœur répondra : « Louis-Napoléon,
« Notre élu, notre prince, et que la Providence
« Créa pour illustrer, pour protéger la France,
« Pour nous faire goûter les douceurs de ses lois. » —
   Eh bien ! honneur à vous ! — Eh bien ! braves Nîmois,
Le voici dans vos murs ! et c'est aujourd'hui fête !
L'olivier à la main, venez orner sa tête ;
De vos antiquités faites-lui les honneurs ;
Révélez à ses yeux vos antiques splendeurs !
Montrez avec orgueil au neveu du Grand Homme
Ce qui vous reste encor de la grandeur de Rome,
Quand, vingt siècles passés, l'empereur Adrien
Dotait votre cité de son luxe païen !
Fiers de vos souvenirs, faites-lui voir ce temple

Qu'avec un saint respect l'observateur contemple ;
Et cet arc triomphal, ce chef-d'œuvre de l'art,
Qui fut, sous les Romains, la porte de César. —
N'oubliez pas surtout votre Maison-Carrée,
Qui survit aux vieux temps, comme une ombre égarée ;
Louis-Napoléon vient vous dire aujourd'hui
Que pour votre bonheur un nouveau jour a lui !

II.

Et toi, séjour comblé des faveurs d'Uranie,
Toi, l'un des diamants du gaulois univers,
Incomparable Occitanie,
Ne songe plus à tes revers.

Non moins belle que les Espagnes,
Ne songe plus aux jours de deuil
Où le sang de tes fils fécondait tes campagnes,
Où l'on vit pleurer ton orgueil !

A toi, troubadours et trouvères !

Que tes grands souvenirs électrisent les cœurs !

Choisis tes plus belles bergères,

Pour cueillir tes plus belles fleurs ;

Et du charme qui t'environne

Étincelante en ce beau jour,

Heureuse, tresse une couronne

Pour celui qui veut ton amour !

Entends cette voix qui te crie :

« Voici venir ton Empereur,

« C'est l'étoile de la patrie,

« Napoléon libérateur !

Montre-lui Montpellier et ses fertiles plaines,

Ses forêts d'oliviers, ses printemps éternels,

Et puis ses coupes toujours pleines

D'un nectar cher aux immortels.

Aussi, tu lui diras : « Une fois par année,

« Venez par un ciel pur, par un vent toujours doux,

« Admirer d'un côté la Méditerranée

« Et de l'autre le mont Ventoux. » —

Et lui, touché de ce spectacle,

Toujours jaloux de ton honneur,
De loin comme de près, il redira l'oracle
Qui doit assurer ton bonheur ! —

Puis, encor, de Béziers, si modeste et si belle,
Que l'Orbe, en ses contours, arrose de ses eaux,
De Béziers, que souvent on traita de rebelle,
Étale à ses regards les séduisants tableaux !

Dis-lui ses luttes terminées,
Et que jamais Romains, Maures et Visigoths
Ne viendront plus troubler ses destinées,
Ni de leurs cris de meurtre effrayer les échos !

III.

Prince, nous n'aurons plus de guerre ;
Votre aigle arrête le tonnerre,
L'espérance renaît chez nous ;
Écoutez le vœu sympathique
Que, dans Toulouse, une voix prophétique

Fait retentir autour de vous? —

Réveille-toi, Clémence Isaure,
Reviens, que je t'entende encore
Des arts célébrer le pouvoir,
Et, belle et bonne châtelaine,
D'un mot fonder en souveraine
Le collége du Gai-Savoir.
Oh! non, tu n'es pas endormie,
Viens applaudir à tes rivaux ;
Je te vois sourire en amie
Aux lauréats des Jeux-Floraux.

De leur mérite non jalouse,
Aimable Muse aux doux accents,
Prends ta lyre et chante Toulouse,
Mes accords seraient impuissants !
Pour nous ressuscite la cendre
De tes héros qui ne sont plus ;
Ceux d'aujourd'hui, fais-les descendre
De Bellovèse ou de Brennus.

Dis à ta ville qu'elle est fière

D'avoir enfanté ces Gaulois,
Dont partout flotta la bannière,
Dont partout on sait les exploits ;

Que longtemps tu courbas la tête
Au joug que Rome t'imposa ;
Que le Goth, fier de ta conquête,
Longtemps chez toi se reposa ;

Mais qu'à la fin victorieuse
Du Maure, fils de Mahomet,
Tu reparus plus glorieuse,
Avec la France qui t'aimait ;

Dis-nous que le ciel l'a choisie,
Et que pour nous elle est toujours
La mère de la Poésie,
Et des beaux-arts et des amours !
Mais à quoi sert que je t'implore ? —
Avec amour, avec bonheur,
Aux cris de : Vive l'Empereur !
Vient de se réveiller Isaure ;
Elle célèbre son sauveur.

IV.

Salut, modeste Agen. — Déjà ta renommée
Brillante florissait du temps de Ptolémée ;
Il consacra ta gloire et ton antiquité. —
Par le grand Théodose, érigée en cité,
Aujourd'hui même encor ton illustre origine
Se révèle, à nos yeux, par plus d'une ruine
Où l'on peut admirer la trace des Romains.

Quand tu brisas le joug de maîtres inhumains,
Non loin des bords du Lot, sur ceux de la Garonne,
Tu sus de tes trésors te faire une couronne;
Sous ton climat charmant, favorisé des cieux,
On ne trouve partout que vins délicieux,
Champs de blé, de maïs et riantes prairies,
Toujours dans leur printemps et jamais défleuries;
On dirait que sur toi la nature, à dessein,
Ait versé ce qu'elle a de plus riche en son sein.

Si, pour mettre le comble à sa munificence,
Elle a, par de grands noms, signalé sa présence,

Et t'a fait le présent d'hommes prédestinés,

Que peut me faire, à moi, que dans tes murs soient nés

Scaliger, Lacépède et Sulpice Sévère,

Quand tu donnas le jour à l'aimable trouvère,

Au Figaro poète, à l'immortel Jasmin,

Dont les vers inspirés courent de main en main,

Qui, guettant le réveil d'une muse endormie,

Vient d'être couronné par notre académie? —

Mais quelle est mon audace, et convient-il à moi

D'essayer un travail qui n'appartient qu'à toi?

Moderne troubadour, Jasmin, saisis ta lyre;

A toi seul de chanter, à toi seul de décrire

De tes bons Agénois l'ivresse et le bonheur,

Quand, fêtant le neveu du nouvel Empereur,

Et rappelant vers eux les dignités de Rome,

Ils ont comblé d'amour l'héritier du Grand Homme.

Pour de tels faits, il faut tes magiques pinceaux;

Mais je te quitte, Agen, et je cours à Bordeaux;

Puissé-je, en mon chemin, rencontrer le génie

Qui répand sur tes vers des torrents d'harmonie!

V.

Après avoir visité tour-à-tour
Les campagnes du Gers, du Tarn et de l'Adour ,
Fières de saluer son auguste personne ,
Le Prince suit enfin le cours de la Garonne ,
Qui, voulant oublier ses guerres, ses malheurs,
Sème sur son passage et les fruits et les fleurs.
Louis-Napoléon, en arbitre du monde,
Admire pour un jour les bords de la Gironde,
Et tout l'or de ses champs et ses riants coteaux !
Bientôt le canon tonne : — il entre dans Bordeaux.

Mais il n'est pas suivi d'une nombreuse armée,
Avide de surprendre une ville alarmée ;
Ses yeux ne verront point de pâles citoyens
Tremblants pour leurs foyers, pour eux et pour leurs biens ;
Non , il se trouve au sein de cette Aquitanie ,
Qui, riche de son sol, belle de son génie,
De tant de conquérants surmontant les efforts ,
A la France aujourd'hui prodigue ses trésors !

Bordeaux, — noble cité, — reine de l'Atlantique,
Rassemble les joyaux de ta couronne antique,
De ta gloire nouvelle, — et ceux que tant de rois
A jamais t'ont légués, — pour consacrer les droits
De l'élu du pays, du visiteur auguste,
A la fois si clément et si grand et si juste !
Que vers lui son nom seul entraîne tous les cœurs ; —
Étale à son aspect tes magiques splendeurs,
Ce port majestueux qui partout t'enveloppe,
Objet d'ambition de l'opulente Europe,
Et tes mille vaisseaux qui vont, de mers en mers,
Fiers de ton pavillon, enrichir l'univers. —
Ne te désole plus, si, depuis quatre années,
D'un éclat moins ardent brillent tes destinées,
Si chez tes citoyens un fatal désaccord
Enchaîna ta pensée et menaça ton sort ;
L'homme armé de la Foi jamais ne désespère ;
A dater d'aujourd'hui sur toi veille un bon père.
Compte sur le présent, compte sur l'avenir.
Retiens bien en ton cœur, — garde en ton souvenir,
Du Prince-Président les sublimes promesses ;
Empereur, il renonce aux guerrières prouesses. —
Que sont tous ces héros si forts, si triomphants,

Auprès d'un souverain qui chérit ses enfants?
Ta gloire en ce beau jour et scintille et rayonne,
Louis-Napoléon lui-même te couronne!

VI.

Mais, Prince, pour vous voir, on vous attend à Tours,
Là, de plaisirs nouveaux enrichissez vos jours;
Pressez-vous d'admirer, pour charmer le voyage,
Cette perle qui brille au sein du paysage;
Angoulême est son nom : — sise sur un rocher,
Son aspect vous invite à vous en approcher. —
Voyez comme elle est jeune et coquette et riante;
Combien, dans le vallon qu'arrose la Charente,
Gaîment elle se plaît à voir mille ruisseaux,
Qui l'endorment au bruit de leurs limpides eaux.

Aussi, quand le touriste aperçoit Angoulême,
Il se hâte, — il fait plus que l'admirer, — il l'aime;
Prodigue de son temps, avide de plaisirs,
Il voit à ses côtés l'ange des souvenirs!...

Alors il est heureux, — alors il se rappelle
Que, dans ses malheurs même, elle fut grande et belle,
Que lorsque les Anglais, de fureur transportés,
Incendiaient nos champs, désolaient nos cités,
Aux suprêmes moments les monarques de France
Ont sur elle toujours fondé leur espérance ;
Que ses comtes, ses ducs allaient, avec nos rois,
Arborer aux lieux saints l'étendard de la croix,
Et qu'aux temps désastreux de nos guerres civiles,
Elle maintint son rang parmi les bonnes villes.

Beauté toujours la même, elle offre à ses amants
Ses gothiques trésors, ses nouveaux monuments ;
Elle leur dit : « Venez, voyez ma cathédrale
« Élevant dans les airs son antique spirale ;
« Voyez mes alentours ; contemplez mes coteaux,
« Où trouva-t-on jamais des sites aussi beaux ? » —
Puis elle ajoute avec une voix de Sirène :
« Venez à moi, je suis la sœur de la Touraine ;
« Celle-ci de la France est, dit-on, le jardin,
« Mais je possède, moi, les charmes de l'Eden :
« Le grand Homme autrefois me prit pour sa compagne ;
« Lorsqu'en mil huit cent huit, il partait pour l'Espagne,

« Il ne méprisa point mes modestes attraits ;

« J'entends encor sa voix, — je vois encor ses traits;

« Son nom avec le mien se mêle dans l'histoire,

« Ce nom à tout jamais vivra dans ma mémoire ;

« Aujourd'hui, fière encor de mes jours d'autrefois,

« Mon âme est tout entière à Napoléon Trois!

VII.

Avec moi venez à Narbonne,

A Rochefort, à Carcassonne,

A Poitiers où, dans son manoir,

Jean premier, par le Prince-Noir,

Fut prisonnier de l'Angleterre.

Il ignorait que sur la terre

Et sur la France veille un Dieu.

Que sur ce même sol où pâlit notre gloire,

Louis-Napoléon crîrait à la Victoire :

Je vois les siècles à venir,

Je suis votre présent, — je suis votre avenir!

VIII.

Le même transport d'allégresse,
Prince, vous attend dans Lutèce ;
Revenez, revenez, Paris s'est préparé :
Et d'arcs et d'écussons, de drapeaux, de trophées,
Que lui donna la main des fées,
Pompeusement il s'est paré !

Las de se mouvoir dans le doute
Qui vint l'obséder tant de fois,
Vous lui montrez la noble route
De ses devoirs et de ses droits !
Et déjà le Très-Haut l'écoute ;
En fixant la céleste voûte,
En fixant l'étoile d'Honneur,
Il voit l'ombre de l'Empereur !

Puis il s'est souvenu de l'immense génie
Qui, forgeant pour la France une gloire infinie,
A rendu son nom immortel ;
Et Lutèce s'est inclinée !

Sa couronne, un instant fanée,
Va refleurir sur votre autel !

En souriant, traversez cette foule
Qui, sur vos pas, et se presse et s'écoule,
Vous envoyant les vivats et les cris
Dont, hier encor, la province
Saluait, bénissait le Prince
Que devait acclamer Paris !

PARIS. — Imp. Lacour et Cⁱᵉ, rue Soufflot, 16.